Sarah Young

Ich bin bei dir

ANDACHTEN UND ERMUTIGENDE GEDANKEN

Aus dem Englischen von Maria Leicht-Rombouts

GerthMedien

Einleitung

Jesus ruft uns auf, ihm zu jeder Zeit und in jeder Situation zu vertrauen. Von ganzem Herzen. In der Bibel steht: „Verlass dich auf den Herrn von ganzem Herzen, und verlass dich nicht auf deinen Verstand“ (Sprüche 3,5; LU). Und die Bibel ist das perfekte Wort Gottes. Mein Ziel war es, die Andachten so zu schreiben, dass sie die Wahrheiten aus Gottes Wort widerspiegeln.

Ich habe die Impulse so formuliert, dass es klingt, als würde Jesus direkt zu dir sprechen. Das soll dir helfen, dich ganz persönlich von ihm angesprochen zu fühlen. Außerdem habe ich nach jedem Impuls noch weiterführende Bibelstellen eingefügt, die die Gedanken noch vertiefen sollen.

Die Andachten sollen dir dabei helfen, Jesus immer mehr zu vertrauen. Wenn du müde bist, wenn du Angst hast, wenn Sachen schiefgehen – aber auch, wenn es dir gutgeht –, flüstere diese vier Worte: „Ich vertraue dir, Jesus!“ Durch dieses kurze Gebet gibst du ihm das Steuer in die Hand. Das Tolle daran ist, dass du so ganz nah an ihm dranbleibst und dein Glaube wächst.

Sarah Young

Bete nicht deine Sorgen an

Deine Sorgen anbeten? Das klingt doch verrückt, oder? Aber es ist tatsächlich so: Die Sache, über die du am meisten nachdenkst, die wird sozusagen dein Gott. Wenn deine Sorgen ein Eigenleben entwickeln und sie deine Gedanken völlig vereinnahmen, dann betest du deine Sorgen an.

Ich wünsche mir, dass du dich von deinen Sorgen befreist. Wie das geht? Indem du mir vertraust. Indem du an mich denkst. Indem du nur mich anbetest. Niemand anderes weiß, was in deinem Kopf vorgeht – deine Freunde nicht, deine Lehrer nicht, noch nicht mal deine Eltern. *Aber ich kenne deine Gedanken schon von fern.* Achte darauf, über welche Dinge du nachdenken möchtest. Ich suche nach einem Zeichen, dass du mir vertraust. Wenn ich sehe, dass sich deine Gedanken um mich drehen, freue ich mich sehr darüber! Entscheide dich, immer mehr über mich nachzudenken – so bleibst du nah an mir dran.

SPRÜCHE 16,20; PSALM 139,2

Er fürchtet sich nicht
vor schlechten Nachrichten,
sein Herz ist
VOLLER ZUVERSICHT,
denn er vertraut dem Herrn.

Psalm 112,7

Ein neues Du

Ich kam auf diese Erde, wurde gekreuzigt, begraben und wieder lebendig, um aus dir ein *neues Du* zu machen – eine Person, die nicht in langweiligem Alltagstrott steckenbleibt; die nicht ständig fragt, was die anderen Leute wohl über sie denken; die keine Angst davor hat, Neues auszuprobieren.

Ich wünsche mir, dass du ein aufregendes Leben hast, voller Abenteuer und Herausforderungen. *Ich habe gute Pläne für dich!** Ich wünsche mir, dass du für mein Reich Großes vollbringst. Zuerst vertraue mir jedoch dein altes Leben an. Überlass mir deine alten Sorgen, deine alten Probleme, deine alten Verlockungen und alle Schuld. Ich werde dich von deiner Last befreien. Und ich werde in deinem Leben wirken!

Ja, Veränderung kann dir Angst machen, aber vertraue mir! Ich habe große Pläne für diesen Tag – und jeden Tag deines Lebens!

MATTHÄUS 28,5-7; *JEREMIA 29,11

Gehört also jemand
zu Christus, dann ist er ein
NEUER MENSCH.
Was vorher war,
ist vergangen, etwas völlig
NEUES HAT BEGONNEN.

2. Korinther 5,17

Ich fülle dein Leben mit Reichtum

Bete mich an, dann werde ich dein Leben mit Reichtum füllen. Die Gesellschaft sagt dir, du wärst reich, wenn du viel Geld, Autos, Designerkleidung und teuren Schmuck besitzt. Sie will dir vermitteln: „Schnapp dir all das und halte es gut fest; behalte diese Schätze für dich!“

Mein Reichtum jedoch besteht aus viel kostbareren Schätzen, nämlich Freude, Liebe und Frieden. Und anstatt sie nur für dich zu behalten, sollst du sie austeilen. Wenn du meinen Reichtum austeilst, vermehrt er sich – dadurch wirst du und werden die Leute um dich herum reicher als je zuvor.

Wie kannst du meinen Reichtum bekommen? Indem du mich anbetest und an mir dranbleibst! Komm in der Stille des Morgens zu mir. Lobe mich für die Schönheit des neuen Tages. Singe Lieder über meine Heiligkeit. Öffne mir dein Herz und lass mich deine Seele mit meinem Reichtum überschütten!

1. PETRUS 1,8; JOHANNES 10,10

Ehrt den
HERRLICHEN NAMEN
des Herrn. Betet den
Herrn an in seinem
HEILIGEN GLANZ.

Psalm 29,2

Mein Tag

Vielleicht hast du mal wieder so einen Tag, an dem alles schiefgeht, was nur schiefgehen kann. Wenn du sagst: „Das ist heute nicht mein Tag!“, dann suche mich. Denn wenn alles schiefgeht, dann wirke ich am stärksten in deinem Leben! Ich nehme deinen Frust und verwandle ihn in eine Chance, deinen Glauben zu stärken. Ich nehme deine Enttäuschungen und verwandle sie in Gelegenheiten, mir näherzukommen. Ich nehme deine Probleme und verwandle sie in Chancen, mir zu vertrauen.

Vertraust du mir, dass ich dich durch solche Tage führe, an denen alles schiefzugehen scheint? Oder bestehst du darauf, alles selbst in den Griff zu bekommen? Wenn du ständig versuchst, die Dinge auf *deine* Weise zu lösen, werden deine Wünsche und Pläne unbewusst zu deinem Gott. Dabei will ich dich vielleicht in eine ganz andere Richtung führen. Gib mir also deine Sorgen und Probleme. Dann mache ich aus einem Tag, der so gar nicht dein Tag ist, einfach *meinen* Tag.

JERMEMIA 29,13–14; PSALM 32,8

Ladet alle eure Sorgen

BEI GOTT AB,

denn er sorgt für euch.

1. Petrus 5,7

Puzzlestücke

Ich habe dir einen unfassbar genialen Verstand gegeben. Damit kannst du große Gedanken entwickeln und dir große Träume ausmalen. *Mein Verstand ist jedoch unendlich größer und staunenswerter.** Meine Gedanken durchdringen alles in der Schöpfung und im ganzen Universum, alles in der Vergangenheit, der Gegenwart und der Zukunft. Und weil ich alle Dinge und alle Zeiten verstehe, sind meine Gedanken und meine Wege so ganz anders als deine Vorstellungen.

Das Leben kannst du mit einer Schachtel voller Puzzleteile vergleichen, der jedoch der Deckel fehlt. Wenn du dich in deinem Leben umsiehst, erkennst du nur einzelne Puzzleteile. Ich jedoch sehe das Gesamtbild. Ich weiß, wie alle Teile zusammenpassen. Ich kann all die widerspenstigen Stücke aus Verletzungen und Enttäuschungen zusammenführen – und dazu alle angenehmen Teile wie Erfolg und Freude. Am Ende entsteht ein geniales Bild, über das du nur staunen kannst.

Vertrau meiner Zeitplanung und meinem Weg mit dir. Vertrau mir, dass ich all die Puzzlestücke zu einem wunderbaren Leben zusammenfügen werde. Und dass ich dich eines Tages zu mir nach Hause führen werde.

*JESAJA 55,8; 1. KORINTHER 13,12;
PSALM 73,23-24

Denn wie der Himmel
die Erde überragt, so sind auch
MEINE WEGE
viel höher als eure Wege und
MEINE GEDANKEN
als eure Gedanken.

Jesaja 55,9

Manche schwören auf

GEPANZERTE WAGEN,

andere verlassen sich auf

PFERDE,

doch wir

VERTRAUEN AUF DEN HERRN,

unseren Gott.

Psalm 20,8

Erkenne meine Größe

Ich möchte dich mit meiner Nähe umhüllen. *Ich bin der König der Könige.** Wenn du in meine Nähe kommst, komme ich dir sogar noch näher. Vielleicht wirst du *überwältigt von meiner Macht und Herrlichkeit.*** Vielleicht fühlst du dich klein im Vergleich zu meiner Größe. Solche Gefühle sind auch eine Form der Anbetung: Du machst dir bewusst, wie mächtig und wunderbar ich bin.

Manchen Leuten gefällt meine Größe nicht. Sie mögen es nicht, sich im Vergleich zu *irgendetwas* klein zu fühlen – noch nicht einmal im Vergleich zu mir. Sie wollen alles selbst im Griff haben und der wichtigste Mensch auf Erden sein. Vielleicht sind sie so sehr von sich eingenommen, dass sie mich überhaupt nicht erkennen.

Tappe nicht in diese Falle! Genieße es, nah bei mir zu sein und auf meine Größe zu schauen. Freu dich, dass du einen solch großen und mächtigen Gott hast, der dich liebt und für dich sorgt!

*1. TIMOTHEUS 6,15–16;
**PSALM 145,4–6; JAKOBUS 4,8

GROSS IST DER HERR.

Jeder soll ihn rühmen!
Seine Größe kann
niemand erfassen.

Psalm 145,3

Das Geschenk deiner Zeit

Hetze nicht durch den Tag. Wenn du im Stress bist, springen deine Gedanken oft zwischen mir und den Sachen, die du erledigen willst, hin und her. Du bekommst jederzeit meine volle Aufmerksamkeit – ich sehne mich danach, auch *deine* volle Aufmerksamkeit zu bekommen.

Halte dir jeden Tag eine bestimmte Zeit frei, die du nur mit mir verbringst. Das kann früh am Morgen sein oder kurz bevor du schlafen gehst. Es kann auch gleich nach der Schule sein. Aber lass nicht zu, dass andere Dinge unsere gemeinsame Zeit verdrängen. *Such dir dann einen ruhigen Platz**, wo du dich in meiner Nähe entspannen kannst. Vielleicht ist das eine gemütliche Ecke in deinem Zimmer. Es kann auch draußen in der Natur sein. Such dir für unser Treffen also einen ruhigen, friedlichen Ort. Freu dich auf unsere gemeinsame Zeit!

Wenn du mir deine Zeit schenkst, mache ich dich stark und bereite dich auf das vor, was dir bevorsteht – heute und jeden Tag neu.

*MATTHÄUS 6,6; PSALM 119,27;
PSALM 143,8

Denn die Augen
des Herrn schweifen über
die ganze Erde,
um denen ein
STARKER HELFER ZU SEIN,
die mit ungeteiltem Herzen
zu ihm halten.

2. Chronik 16,9

Heiliger Boden

Am brennenden Dornbusch stand Mose auf heiligem Boden und hörte dort Gottes Stimme. Jetzt bitte ich *dich,* heiligen Boden zu betreten und mir zuzuhören!

Du brauchst dafür keinen wundersamen Strauch, der wie Feuer leuchtet. Lass einfach mal all deine Gedanken und deine To-dos hinter dir. Und sei einfach nur bei mir.

Lass dir von niemandem ein schlechtes Gewissen einreden wegen der Zeit, die du mit mir verbringst. Hör nicht auf die Lüge, dass du etwas Nützlicheres, etwas Wichtigeres erledigen solltest. Es gibt nichts Wichtigeres, als Zeit mit mir zu verbringen – deinem Gott, Vater und Helfer. Halte den ganzen Lärm um dich herum einen Moment lang von dir fern und komm in meiner Nähe zur Ruhe. Wenn du das tust, stehst du auf heiligem Boden.

1.CHRONIK 16,11; RÖMER 8,15-16

„Komm nicht näher!“,
befahl Gott ihm.
„Zieh deine Sandalen aus,
DENN DU STEHST AUF HEILIGEM BODEN.“

2. Mose 3,5

Bete nur mich an

Nur *ich* bin Gott. Verschenke dich, deine Zeit und deine Aufmerksamkeit nicht an materielle und vergängliche Dinge. Sonst werden sie deine Götzen, deine Idole.

Schon immer waren die Menschen in der Versuchung, falsche Götter anzubeten. Die Israeliten, mein Volk, hatte sich damals vor geschnitzten Figuren und goldenen Statuen verbeugt. Die heutigen „Götter" sind jedoch nicht so leicht als solche zu erkennen. Sehr schnell kann man beispielsweise andere Menschen, Besitz, Geld, Beliebtheit oder den Erfolg anbeten. Ein falscher Gott kann alles sein, was dich von mir fernhält.

Richte dein Leben nicht nach irgendwelchen Dingen oder Idolen aus. Sie haben keine echte Macht. Sie können dich nicht bedingungslos lieben, dir nicht sagen, wie wertvoll du bist; dir weder vergeben noch dir Leben in Fülle schenken. Nur *ich* kann das. *Bete darum nur mich an.** Öffne dich für mich, damit du in meiner Nähe Freude und Frieden spüren kannst.

*2. MOSE 20,5; OFFENBARUNG 7,12

Ihm sollt ihr nachfolgen,

VOR IHM SOLLT IHR EHRFURCHT HABEN.

Nur nach seinen Geboten sollt ihr leben und allein auf ihn hören.

5. Mose 13,5

Die Schönheit der Schöpfung

Die ganze Schöpfung verkündet, dass ich Gott bin! Und die Schönheit in der Natur zeigt, wie herrlich ich bin.

Öffne deine Augen und nimm die Schönheit um dich herum wahr. Schau dir die majestätischen Berge an, die mächtigen Wellen des Ozeans, die Details der winzigen Wildblume, die krassen Farben eines Sonnenuntergangs – und sei dir sicher, dass ich der heilige Gott bin, der all das geschaffen hat!

Sehr viele Leute laufen achtlos und gestresst an diesen Zeichen meiner Gegenwart vorbei. Doch ich wünsche mir, dass du deine Augen aufmachst und erkennst, wie herrlich meine Schöpfung ist. Lass dich von dieser wunderbaren Schönheit mit hineinnehmen in die Anbetung!

Freu dich, dass ich, dein Gott, eine so geniale Welt erschaffen habe. Staune darüber und nimm es zum Anlass, anderen von mir, dem Schöpfer, zu erzählen. Die ganze Welt ist voll von meiner unendlichen Schönheit – meiner Herrlichkeit!

OFFENBARUNG 15,3; PSALM 29,2

Heilig, heilig,

HEILIG IST DER HERR,

der Allmächtige!

Die Erde ist von

SEINER HERRLICHKEIT

erfüllt!

Jesaja 6,3

Ja, so ist mein Gott:

ER IST MEINE RETTUNG,

ich vertraue ihm

und habe keine Angst.

DER HERR ALLEIN

GIBT MIR KRAFT.

Denke ich an ihn,

dann beginne ich zu singen,

denn er hat mich gerettet.

Jesaja 12,2

Werde still vor mir

Spaß, Spannung, Abenteuer. Es muss immer was los sein. Du sollst ständig was erleben – ununterbrochen. Da bleibt keine Zeit, sich einfach mal hinzusetzen und still zu werden. Du verpasst sonst was! So zumindest wird es dir von allen Seiten eingeredet.

*Doch wenn du vor mir still wirst**, ist das kein langweiliges Herumsitzen und Nichtstun. Du tust damit das Wichtigste in deinem Leben: Du lässt mich Herr über dein Leben sein! In der Zeit, die du mit mir verbringst, möchte ich dich mit Segen überschütten. Ich möchte dich mit Frieden und Liebe segnen – und dir die pure Freude schenken, in meiner Nähe zu sein.

Ich, dein Herr und Gott, bin ebenfalls reich beschenkt durch unsere gemeinsame Zeit. Darum: Bring mir heute deine Zeit als Geschenk!

*PSALM 46,11; JUDAS 1,2

Ich habe dich zum

EWIGEN SEGEN

bestimmt,

ich schenke dir

DIE FREUDE

MEINER GEGENWART.

Nach Psalm 21,7

Was, wie und warum?

Du willst gern alles verstehen: Warum der Himmel blau ist, wie das Gehirn funktioniert, warum Böses passiert und warum Jungs und Mädels sich unterschiedlich verhalten. Du meinst, wenn du das Was, Wie und Warum verstanden hast, hättest du die Dinge im Griff – und endlich Frieden. Aber das Problem ist: Sobald du Antworten auf einige deiner Fragen gefunden hast, dann tauchen neue Fragen in dir auf. Und: Solange du mit deinem Verstand versuchst, innerlich Frieden zu bekommen, wirst du niemals meinen echten, tiefen Frieden in dir spüren.

Anstatt stets nach dem Was, Wie und Warum zu suchen, suche *mich*! Meine Gegenwart und mein Friede gehören zusammen. Wenn du mich findest, findest du auch meinen Frieden.

*Verlass dich auf mich, nicht auf deine Fähigkeiten und auf deinen Verstand.**

*SPRÜCHE 3,5-6; 2. THESSALONICHER 3,16

Da wir nun durch
den Glauben von Gott
für gerecht erklärt
worden sind,
**HABEN WIR
FRIEDEN MIT GOTT**
durch das, was Jesus,
unser Herr, für uns tat.

Römer 5,1

Mal nicht bewerten

Es kann passieren, dass du unbewusst alles bewertest und beurteilst: diese und jene Situation, diese und jene Person, dich selbst – und sogar das Wetter. Sehr schnell verwendest du sehr viel Zeit und Kraft mit dem Bewerten, als wäre das deine Hauptaufgabe im Leben. Aber in Wirklichkeit ist deine Hauptaufgabe, auf mich zu schauen! Lass also deinen Versuch, alles beurteilen und einsortieren zu wollen, los und komm einfach zu mir.

Ich bin der Schöpfer und du bist mein Geschöpf. *Ich bin der gute Hirte** und du bist mein Schäfchen. Ich bin der Töpfer und du bist mein Ton. Ich sorge für dich. Ich wirke in deinem Leben. Lass mich dich prägen und verändern. Du hast nicht die Rolle des Bewerters, des Richters – noch nicht einmal über dich selbst. Bewerten und richten ist *mein* Job.

Bete mich an als König über alle Könige – als den König, der dich so unendlich liebt, dass er für dich gestorben ist und dich vor der Verurteilung rettet!

*JOHANNES 10,11;
RÖMER 9,20-21; 1. TIMOTHEUS 6,15

URTEILT NICHT

über andere,

damit Gott euch

nicht verurteilt.

Matthäus 7,1

Deine geheime Mission

Ich weiß, das Wort „opfern" ist schwer zu verstehen, und es ist noch schwerer in die Tat umzusetzen. „Opfer bringen" bedeutet, das aufzugeben, was du dir für dich selbst wünschst, um damit jemand anderem eine Freude zu machen oder ihm zu helfen. In deiner Beziehung zu mir bedeutet es, das Steuer deines Lebens mir zu überlassen – und dir von mir zeigen zu lassen, wie du leben sollst. Wenn du mir deinen eigenen Willen als Opfer bringst und so leben willst, wie es mir gefällt, dann ist das echter Lobpreis.

Vielleicht willst du für mich am liebsten große Abenteuer bestehen. Doch manchmal sind die größten Abenteuer die, die man nicht sieht. Während sich dein Alltag vielleicht gerade ziemlich langweilig anfühlt, kann dein Glaubensleben eine große, geheime Mission erfüllen: den Berg des Vertrauens erklimmen und den Schatz meiner Nähe entdecken. Das macht mir Freude und hilft mir dabei, deinen Alltag in ein Glaubensabenteuer zu verwandeln!

PSALM 37,5; JONA 2,10

Weil ihr
GOTTES BARMHERZIGKEIT
erfahren habt,
fordere ich euch auf:
Stellt euch mit eurem ganzen
Leben Gott zur Verfügung.
SEID EIN LEBENDIGES OPFER
für Gott.
Ihm auf diese Weise zu dienen,
ist der wahre Gottesdienst und
die angemessene Antwort auf
seine Liebe.

Nach Römer 12,1

Tu es für mich

Jeden Tag musst du tausend kleine Entscheidungen treffen. Für diese Entscheidungen brauchst du ein gutes Ziel als Richtschnur. Versuche in allen Entscheidungen, mir zu gefallen – bei allem, was du tust.

Du weißt: Um mir gefallen zu können, musst du Zeit mit mir verbringen. Lobpreis, Gebet, Dank und Bibellesen – wenn du das tust, lacht mein Herz!

Aber mir zu gefallen bezieht sich nicht nur auf die Dinge, die du *mit mir* tust. Es betrifft auch alles, was du *für mich* tust, z. B. Kranken helfen, Armen etwas schenken oder einem einsamen Mitschüler Freundschaft anbieten. Aber es umfasst auch Kleinigkeiten des Alltags, wie die Spülmaschine ausräumen, den Müll rausbringen oder dich deinen Eltern gegenüber respektvoll verhalten. Tu all das für mich! Vielleicht sieht es so aus, als würdest du dich für andere engagieren, aber in Wahrheit tust du es für *mich*. Gib dir Mühe, aber sei dir dabei ganz sicher, dass ich in allem Tun bei dir bin!

MATTHÄUS 6,33; JOHANNES 8,29;
KOLOSSER 3,24

TUT EURE ARBEIT
GERN,
als wäre sie für
DEN HERRN
und nicht für Menschen.

Kolosser 3,23

Meine Schafe hören
auf meine Stimme;
ich kenne sie,
und

SIE FOLGEN MIR.

Johannes 10,27

Komm zu mir

Ich bin der allmächtige König! Das bedeutet: Ich habe die Macht, mich um dich zu kümmern. Doch habe ich nicht nur die Macht dazu, sondern ich *möchte* mich auch um dich kümmern! Lässt du es zu?

Manche Leute haben Angst, zu mir zu kommen, wenn sie verletzt oder erschöpft sind. Sie befürchten, dass ich noch mehr von ihnen verlange, obwohl sie schon so ausgepowert sind, dass sie sich kaum noch bewegen können. Das ist der Grund, warum sie sich vor mir verstecken wollen.

Dabei möchte ich doch ihr Unterschlupf, ihr Versteck, ihr Zufluchtsort sein! Auch für dich! Lass es zu, dass ich deine Verletzungen heile und dir einen ruhigen Ort schenke, an dem deine Seele zur Ruhe kommt. *Komm zu mir, dann schenke ich dir Ruhe.**

JESAJA 41,10; *MATTHÄUS 11,28

Gott ist der in sich

VOLLKOMMENE UND

ALLEINIGE HERRSCHER,

der König der Könige ...

Ihm gehören

EHRE UND EWIGE MACHT.

Aus 1. Timotheus 6,15–16

Was andere denken? Egal!

Versuch nicht, anderen zu gefallen. Denn dann lässt du dich davon bestimmen, was andere denken oder was den Leuten gefällt. *Wenn ich die und die Klamotten trage, nehmen sie mich in ihre Clique auf. Neben den und den darf ich mich nicht setzen, sonst werde ich als Versager abgestempelt. Ich will das Zeug nicht probieren, aber wenn ich es ablehne, gehöre ich nicht dazu.*

Du kannst in schlimme oder sogar gefährliche Situationen geraten, wenn du stets versuchst, anderen zu gefallen. Andere sind nicht perfekt! Sie haben keine perfekten Einstellungen und achten nicht unbedingt darauf, was *dir* guttun würde. Außerdem kannst du nie sicher wissen, was sie wirklich über dich denken. Darum ist es dumm, ein „Menschen-Gefaller" zu sein.

Stattdessen lebe lieber so, dass du *mir* gefällst! Nur ich bin perfekt und nur ich möchte das Allerbeste für dich. Betrachte dich nicht mit dem Blick der anderen Leute und stufe ihre Meinung nicht höher ein als meine. Betrachte dich lieber so, wie *ich* dich sehe – dann wirst du ein Kind Gottes sehen, was rundum und unfassbar geliebt wird!

SPRÜCHE 29,25; JOHANNES 4,23-24

Aber ohne Glauben
ist es unmöglich,
Gott zu gefallen.
**WER ZU GOTT KOMMEN WILL,
MUSS GLAUBEN,
DASS ES IHN GIBT**
und dass er die belohnt,
die ihn aufrichtig suchen.

Hebräer 11,6

Sei echt

Es macht mich traurig zu sehen, dass meine Kinder manchmal Mauern zwischen sich und ihre Mitmenschen bauen. Sie tun so, als hätten sie nicht die gleichen Sorgen und Probleme wie alle um sie herum.

Das passiert sogar in den Gemeinden. Manche ziehen ihre Sonntagskleidung an und setzen ihr Sonntagslächeln auf. Dann erzählen sie allen, dass alles super bei ihnen läuft, obwohl sie innerlich viel Angst, Sorge und Einsamkeit mit sich herumschleppen. Aber sie trauen sich nicht, das zuzugeben, denn: *Was würden bloß die Leute denken?*

Ist dir das auch schon passiert? Die beste Art, solche Mauern wieder einzureißen ist, dich auf mich und meine Nähe zu konzentrieren. Sprich mit mir, – dadurch wirst du dich stark genug fühlen, anderen gegenüber *echt* zu sein. Wenn deine Aufmerksamkeit immer wieder bei mir ist, brauchst du dir keine Gedanken mehr zu machen, wie du auf andere Leute wirkst. Dann kannst du die anderen anlächeln, weil du *meine* Freude in dir trägst, und sie lieben, weil *meine* Liebe in dir ist.

2. MOSE 33,14; PHILIPPER 4,8

Hört nicht auf, das zu tun,
was ihr von mir gelernt und
gehört habt und
was ihr bei mir gesehen habt;

UND DER GOTT DES FRIEDENS WIRD MIT EUCH SEIN.

Philipper 4,9

Mein Spiegelbild

Schau dir meine Schönheit um dich herum an. Du findest sie in der Natur, in echten Freundschaften und überall dort, wo die Liebe regiert. Ich bin der große Künstler, und all die Schönheit ist ein Spiegelbild von mir!

Mein Ziel ist es, dich immer schöner zu machen. Stück für Stück räume ich das Gerümpel aus deinem Inneren aus – Gerümpel mit Namen wie „Besitzdenken", „Egoismus" oder „Neid". So schaffe ich mehr und mehr Platz für meinen Geist. Denn er möchte dein Leben ausfüllen. Hilf mir bei dieser Arbeit, indem du die Sachen loslässt, die ich wegräumen möchte. Ich weiß, was du wirklich brauchst. Und ich verspreche dir, dass ich dir genau das auch geben werde – sogar verschwenderisch viel davon!

RÖMER 11,36; HOHELIED 4,7

Eine einzige Bitte
habe ich an Gott:
ICH SEHNE MICH DANACH,
IM HAUS DES HERRN ZU SEIN,
um seine Freundlichkeit und
Schönheit zu sehen und in seinem
Tempel still zu werden.

Nach Psalm 27,4

Die Prüfung bestehen

In so vielen Lebensbereichen wirst du von anderen bewertet. In der Schule gibt es Zeugnisse, im Sport gibt es Ranglisten. Es gibt Bewertungen bei Talentshows und Schönheitswettbewerben. Und irgendwann wirst du wahrscheinlich eine Führerscheinprüfung ablegen. Beinahe überall, wo du hingehst, wird bewertet, wie gut deine Leistung ist.

Ich jedoch vergebe keine Noten. Nie und nimmer! Ich bewerte dich nicht nach deiner Leistung. Es gibt kein himmlisches Zeugnis, nach dem Motto „Stille Zeit: Note 2; Freundlichkeit: Note 1; Geduld: Note 3+“.

Lenke deinen Blick weg von deiner Leistung und hin zu meiner liebenden Gegenwart. Das Licht meiner Liebe strahlt immer auf dich – egal, wie gut deine Leistung war oder wie du dich gerade fühlst. Du brauchst dir keine Sorgen zu machen, bei mir zu einer Prüfung antreten zu müssen. Das Leben mit mir ist eine Reise, kein Test, den du mit Bestnoten bestehen musst!

EPHESER 3,16–19; PSALM 62,8

Gott hat euch
DURCH DEN GLAUBEN GERETTET.
Und das ist nicht
euer eigener Verdienst;
ES IST EIN GESCHENK GOTTES.
Ihr werdet also nicht aufgrund
eurer guten Taten gerettet,
damit sich niemand etwas
darauf einbilden kann.

Epheser 2,8–9

Der Herr hört sein Volk,
wenn es ihn um Hilfe anfleht,
und rettet es aus aller Not.
Der Herr ist allen nahe,
die verzweifelt sind;
ER RETTET DIE, DIE DEN MUT VERLOREN HABEN.

Psalm 34,18–19

Friedensfürst

Ich habe viele Namen: „wunderbarer Ratgeber“, „mächtiger Gott“, „ewiger Vater“, „Friedensfürst“, „König der Könige“ und „Herr der Herren“. In dieser ziemlich chaotischen Welt brauchst du mich vielleicht am allermeisten als Friedensfürst.

Da ich niemals von deiner Seite weiche, ist mein Friede immer bei dir. Du brauchst diesen Frieden in jedem Augenblick, um dein Leben nach meinem Willen zu führen. Manchmal möchtest du vielleicht eine Abkürzung nehmen – um dein Ziel so schnell wie möglich zu erreichen. Wenn jedoch diese Abkürzung dazu führt, dass du meinem Frieden und meiner Nähe den Rücken kehrst, dann halt an und schau auf mich. Lass mich dich begleiten und führen. Ich will dir Frieden schenken mitten in dieser verrückten Welt.

JOHANNES 20,19-21; PSALM 25,4

Man nennt ihn

WUNDERBARER RATGEBER,

Starker Gott,

Ewiger Vater,

FRIEDENSFÜRST.

Jesaja 9,5

Ich bin dein Licht

Komm und setz dich ein Weilchen zu mir. Ich möchte, dass du ein wenig darüber nachdenkst, wer ich wirklich bin.

Ich bin der einzige Sohn Gottes. Ich wurde als richtiger Mensch geboren und bin auch vollständig Gott – beides gleichzeitig! Das ist ein Geheimnis. Es ist größer, als dein Verstand je erfassen kann. Anstatt zu versuchen, dieses Geheimnis zu ergründen, mach es lieber wie die Weisen aus dem Morgenland. Sie folgten einem hellen Stern und beteten mich dann voller Demut an, als sie mich gefunden hatten.

Lob und Anbetung sind die besten Antworten auf das Wunder, das ich bin. Besinge meinen heiligen Namen mit Liedern. Schau mich in stiller Anbetung an. Such einen „Stern", der dich durch dein Leben führt und sei bereit, mir zu folgen, wo auch immer ich dich hinführe. *Ich bin das helle Licht vom Himmel**, das dir leuchtet – um dich auf dem Weg des Friedens zu führen.

JOHANNES 1,14; *LUKAS 1,78–79

Als sie den Stern sahen,
war ihre Freude groß.
Sie gingen in das Haus
und fanden das Kind
mit seiner Mutter Maria,
SANKEN VOR IHM AUF DIE
KNIE UND BETETEN ES AN.

Matthäus 2,10–11

Ein kleines Opfer

*Meine Gedanken sind nicht deine Gedanken und deine Wege sind nicht meine Wege. So, wie der Himmel höher ist als die Erde, so sind auch meine Wege und Gedanken höher als deine.**

Wenn du kommst und mit mir Zeit verbringst, denk immer daran, wer ich bin. Hör niemals auf zu staunen, dass du mit dem König des gesamten Weltalls reden darfst – zu jeder Zeit und an jedem Ort.

Während du ganz bewusst Zeit in meiner Nähe verbringst, trainiere ich mit dir, meine Gedanken zu denken. Mein Geist wirkt in deinem Inneren. Manchmal spricht er durch bestimmte Bibelverse zu dir. Und ein anderes Mal schenkt er dir, dass du meine Stimme hörst, indem ich in deine Gedanken hineinspreche. Egal wie, dieses Training macht dich stark und bereitet dich auf das vor, was du später erleben wirst.

Nimm dir Zeit, meiner Stimme zu lauschen. Gib mir dieses kleine Opfer: deine Zeit. Dann werde ich dich viel mehr segnen, als du dir je vorstellen kannst.

*JESAJA 55,8–9; PSALM 116,17

LASST NICHT NACH IM BETEN,

seid dabei wachsam und dankbar!

Kolosser 4,2

Meine Gegenwart erkennen

Als Jakob vor seinem zornigen Bruder Esau weglief, nahm er zum Schlafen einen Stein als Kopfkissen. Es war unbequem, doch trotzdem träumte er in dieser Nacht vom Himmel, von Engeln und von meiner Zusage, immer bei ihm zu bleiben. Als er aufwachte, dachte er: „Tatsächlich, der Herr ist an diesem Ort und ich hatte es nicht bemerkt!"*

Jakobs Erkenntnis galt nicht nur für ihn. Sie gilt für jeden, der mich sucht. Ich bin überall! Ich bin über dir, unter dir und überall um dich herum. Es gibt keinen Ort, an dem ich nicht bin. Wenn du dich mal weit von mir entfernt fühlst, sag einfach: „Es stimmt: Der Herr ist an diesem Ort!" Anschließend kannst du mich bitten, dir die Augen des Herzens zu öffnen, damit du meine Gegenwart auch „sehen" oder erkennen kannst. Das ist ein Gebet, was ich total gern erhöre!

*1. MOSE 28,11-17; PSALM 31,20

Jakob erwachte aus
seinem Schlaf und sagte:
Wirklich,
DER HERR IST AN DIESEM ORT
und ich wusste es nicht.

1. Mose 28,16

Ich kam für dich zur Welt

Ich bin der Schöpfer des Universums. Ich bin auch dein Hirte, dein Begleiter und dein Freund – einer, der deine Hand *niemals* loslässt.

Bete mich an. Komm zu mir und ruh dich in meiner Gegenwart aus. Du brauchst mich als Gott und als Menschen. Denn obwohl ich Gott bin, musste ich als Baby auf diese Welt kommen und der Mann werden, der dich rettet. Das war die einzige Möglichkeit, dich aus deiner größten Not zu ziehen und dich von aller Last zu befreien.

Ich war für dich bereit, auf alles im Himmel zu verzichten und einen schrecklichen Tod zu sterben – aus diesem Grund kannst du hundertprozentig sicher sein, dass ich dir alles geben werde, was du brauchst. Vertraue mir als deinem Retter, Schöpfer und Freund. Freu dich über alles, was ich für dich getan habe, dann wird mein Licht durch dich hindurch in die Welt strahlen!

RÖMER 8,32; 2. PETRUS 1,19

Kommt,

WIR WOLLEN IHN ANBETEN

und uns vor ihm beugen;

LASST UNS NIEDERKNIEN

vor dem Herrn,

unserem Schöpfer!

Denn er ist unser Gott.

Psalm 95,6–7

Mein Gott wird euch aus
seiner überaus
REICHEN HERRLICHKEIT
durch Jesus Christus alles geben,
was ihr braucht.

Philipper 4,19

Verlass dich auf mich

Niemand ist perfekt – weder deine beste Freundin noch deine Eltern, weder dein sportliches Vorbild noch irgendein Youtube-Star. Früher oder später wird es auch in deinem Leben passieren: Jemand, auf den du dich wirklich verlassen hattest, enttäuscht dich. Nach so einem Erlebnis wirst du dich verletzt und betrogen fühlen. Vielleicht fühlt es sich so an, als würdest du in die Tiefe fallen und keiner ist da, um dich aufzufangen ... „Auf wen kann ich mich jetzt noch verlassen?“, fragst du dich dann vielleicht.

Verlass dich auf mich! Ich werde dich niemals enttäuschen. Und wenn andere dich enttäuschen, bin ich dein Sicherheitsnetz. Ich lasse nicht zu, dass du abstürzt. Schließlich bin ich ja immer bei dir und halte dich außerdem fest an der Hand. Das ist mein Versprechen: Ich lasse dich niemals los!

PSALM 73,23-26

Der Herr,

EUER GOTT,

IST IN EURER MITTE

und was für ein

starker Retter ist er!

Zefanja 3,17

Bei mir bist du sicher

Für alle Zeiten gehörst du mir – über die Zeitrechnung hinaus bis in die Ewigkeit. *Deine Hand lasse ich niemals los.** Und *nichts kann dich aus meiner Hand reißen.*** Bei mir bist du absolut sicher.

In dem Wissen, dass deine Zukunft total gesichert ist, darfst du heute mit voller Kraft leben! Betrachte den heutigen Tag nicht als leeres Blatt, was du selbst füllen musst. Lebe ihn einfach! Ich habe diesen Tag bereits liebevoll und sorgfältig für dich geplant. Auf jede Kleinigkeit habe ich geachtet – und auf die großen Dinge. Nimm bewusst wahr, was ich heute tue. Sprich den ganzen Tag über mit mir. Bitte mich, dir die Wunder dieses Tages zu zeigen. Es klingt so einfach, aber um das wirklich tun zu können, musst du mir fest vertrauen. Vertrau darauf, dass du sicher bist und dass mein Weg der perfekte Weg für dich ist.

*PSALM 37,23-24; **JOHANNES 10,28

Was für ein Gott!

SEIN HANDELN
IST VOLLKOMMEN,

und was er sagt,
ist durch und durch wahr.
Er beschützt alle, die zu ihm
flüchten.

Psalm 18,31

Das ist Glauben ...!

Ich bin dir näher, als du meinst. In jedem Augenblick deines Lebens bin ich da. *Nichts kann dich jemals von mir trennen!**

Trotzdem weiß ich, dass du dich manchmal allein fühlst. Obwohl meine Gegenwart bei dir ist, spürst du sie nicht. Bitte mich, dir die Augen zu öffnen, damit du mich überall um dich herum „sehen" kannst. Ich bin in der Umarmung deiner Eltern und dem Lächeln eines Freundes. Ich bin in der Schönheit eines Sonnenuntergangs und dem majestätischen Glanz der Berge. Ich bin in der leisen Stimme in deinem Inneren, die dir zuflüstert, dass du wertvoll und geliebt bist.

Je mehr du meine Gegenwart wahrnimmst, desto sicherer wirst du dich fühlen. Ich bin viel realer als diese Welt, die du sehen, hören und anfassen kannst. Genau das ist Glauben: wissen und vertrauen, dass meine Gegenwart echt ist, obwohl du mich nicht mit den Augen sehen kannst!

*RÖMER 8,38-39;
APOSTELGESCHICHTE 17,27-28

Der Glaube stützt sich auf
die Dinge, auf die man hofft,
und ist das
ÜBERZEUGTSEIN
VON TATSACHEN,
die nicht mit bloßem Auge
sichtbar sind.

Hebräer 11,1

Gedankenspirale

*Nichts, aber auch gar nichts kann dich von meiner Liebe trennen.** Du kannst dich darauf verlassen, dass ich für dich sorge!

Manchmal jedoch, wenn dein Blick nicht mehr fest auf mich gerichtet ist, beginnen deine Gedanken um Probleme zu kreisen – wie in einer Spirale dreht sich in deinem Kopf dann alles um deine Sorgen. „Wie schaffe ich das mit den Noten … mit jener Freundschaft … mit dieser Angst in mir?" Wenn du immerzu so denkst, fühlst du dich allein und versuchst, das Problem aus eigener Kraft zu lösen.

Aber du bist *nie* allein. Du brauchst dir keine Sorgen zu machen. Du brauchst und kannst die Dinge nicht allein lösen. *Bring deine Last zu mir.*** Manche Probleme verschwinden in meiner Gegenwart ganz von selbst, manche lassen sich plötzlich viel leichter lösen.

Steig aus deiner Gedankenspirale aus und bring alles zu mir!

*RÖMER 8,38–39; **1. PETRUS 5,7

Der Herr antwortete:
Ich selbst werde dir
vorangehen und
DICH ZUR RUHE
KOMMEN LASSEN.

2. Mose 33,14

Felsenfest

Diese Welt ist ständig in Veränderung: Die Zeit vergeht, die Jahreszeiten wechseln, Menschen verändern sich. Auch dein Körper ist ständig in Veränderung und im Wachstum. Nichts auf dieser Welt bleibt immer gleich. Ich jedoch verändere mich nie. *Ich bin immer derselbe – gestern, heute und für immer!**

Weil ich mich nie verändere, kannst du dich immer auf mich verlassen. Freunde ziehen vielleicht weg; möglicherweise wechselst du die Schule oder den Wohnort; du wirst mit einer unerwarteten Situation konfrontiert und nichts scheint mehr nach Plan zu laufen. Ja, manchmal fühlt es sich an, als würde dein Leben komplett auf den Kopf gestellt. Wenn dir das passiert, dann komm zu mir! Ich bin ein sicherer Ort für dich. Du brauchst dich nie zu fürchten, weil ich immer bei dir bin und mich nie verändere.

*PSALM 48,15; *HEBRÄER 13,8; OFFENBARUNG 1,8

Du hast
Himmel und Erde gemacht.
Ja, sie werden vergehen,
DU ABER BLEIBST FÜR IMMER UND EWIG DERSELBE,
deine Jahre haben kein Ende.

Nach Psalm 102,26–28

Sich vor Menschen fürchten
bringt Gefahr;

**AUF DEN HERRN VERTRAUEN
BRINGT SICHERHEIT.**

Sprüche 29,25

Ruf laut meinen Namen

Der Teufel benimmt sich wie ein böser Raufbold auf dem Spielplatz. Er ärgert und schubst immer genau die Kinder, die sich gerade schwach fühlen. Seine Schubser bestehen aus Lügen, beispielsweise „Du bist nicht gut genug!“ Solche Lügengedanken treiben dich in die Enge.

Sobald du dich einsam, ängstlich oder wertlos fühlst, ruf laut meinen Namen! Sag, dass du mir vertrauen möchtest. Sprich diese Worte wirklich laut aus, wenn du an einem passenden Ort bist. Falls es an dem Ort gerade nicht geht, funktioniert es auch mit Flüstern. So wird der gemeine Raufbold erfahren, dass du nicht allein bist – dass ich an deiner Seite stehe und für dich kämpfe. Daraufhin wird er, feige, wie er ist, weglaufen.

Jage die Lügengedanken mit Lobpreisliedern und Dankgebeten weg. Hol dir Kraft aus meinen Zusagen: Ich bin immer bei dir; mit meiner Hilfe kannst du alles schaffen; du bist mein eigenes, wertvolles Geschöpf! Bleib immer in meiner Nähe, dann hat kein Raufbold dieser Welt irgendeine Chance!

JESAJA 12,2

UNTERSTELLT EUCH GOTT

**und widersetzt euch dem Teufel.
Dann muss er von euch fliehen.**

Jakobus 4,7

Ich mache dich frei

Ich bin nicht auf diese Erde gekommen, um dir ein schlechtes Gewissen zu machen. Sondern ich bin gekommen, um dich von Schuldgefühlen zu befreien!

Ich mag es nicht, wenn Leute dir ein schlechtes Gewissen oder Schuldgefühle einreden – nur, damit du mir nachfolgst. Ich wünsche mir stattdessen, dass du aus Liebe zu mir kommst. Dass du kommst, weil du in meiner Nähe sein möchtest.

Ja, es stimmt zwar: Ich kenne jeden Fehler, den du je begangen hast. Doch wenn du in meine Nähe kommst, achte ich nicht mehr auf das, was du vermasselt hast, sondern ich sehe in dir einfach nur mein geliebtes Kind. Sobald du mich bittest, dir zu vergeben, spült meine Gnade all deine Sünden komplett weg. Und ich verzeihe dir nicht bloß, sondern ich vergesse sie vollständig! Ich mache dich frei!

JESAJA 61,10; PSALM 103,11-12

WER MIT JESUS
VERBUNDEN IST,
wird von Gott
NICHT MEHR VERURTEILT.
Denn für ihn gilt nicht länger
das Gesetz der Sünde
und des Todes.
Es ist durch ein neues Gesetz
aufgehoben – durch das Gesetz
des Geistes Gottes,
der durch Jesus das Leben bringt.

Römer 8,1–2

Das verspreche ich dir

I*ch bin immer für dich da. Niemals weiche ich von deiner Seite.** Es mag Zeiten geben, in denen du dich unendlich weit von mir entfernt fühlst. Aber das ist nur ein Gefühl; es entspricht nicht der Wahrheit! Echte Wahrheit findest du in meinen Zusagen in der Bibel. In 1. Mose versprach ich Jakob, dass ich ihn niemals verlassen werde. Genau dasselbe versprach ich auch Josua. Und mein Versprechen, das ich im Neuen Testament gegeben habe, galt dann all meinen Nachfolgern: *Ich bin immer bei euch, bis ans Ende der Zeiten.*** Ich versprach es allen, die zu mir gehören – und heute verspreche ich es *dir*.

Selbst wenn die Berge einstürzen und die Hügel plötzlich nicht mehr da sind, werde ich dich trotzdem nicht verlassen. Meine Liebe hält für immer; sie endet nie.

*JOSUA 1,5; 1. MOSE 28,15; **MATTHÄUS 28,20

Berge mögen einstürzen
und Hügel wanken,
**ABER MEINE LIEBE ZU DIR
WIRD NIE ERSCHÜTTERT,**
und mein Friedensbund mit dir
wird niemals wanken.
DAS VERSPRECHE ICH, DER HERR,
der sich über dich erbarmt!

Jesaja 54,10

Glauben heißt überzeugt sein

Jeden Augenblick, jeden Tag wirke ich zu deinem Besten. Bring mir darum all deine Sorgen und Ängste. Rede mit mir über alles. Die Schatten in deinem Inneren sollen durch das Licht meiner Gegenwart verjagt werden.

Bring mir auch deine Hoffnungen und Träume. Lass uns gemeinsam an ihnen arbeiten, damit deine Wünsche Schritt für Schritt wahr werden.

All das braucht Zeit. Versuch es nicht mit Abkürzungen oder mit Eile. Wenn du mit mir zusammenarbeitest, lernst du immer mehr, meine Zeitplanung zu akzeptieren. Weißt du, dass Abraham und Sarah jahrzehntelang auf ein Kind warteten? Doch als Isaak schließlich zur Welt kam, war ihre Freude riesig – weil sie so lang gewartet und die Hoffnung schon fast aufgegeben hatten.

Glauben ist das *Überzeugtsein,* dass ich meine Versprechen halte – dass die Dinge, die du erhoffst, bei mir schon genauso real sind wie die Dinge, die du bereits sehen kannst.

1. MOSE 21,1-7

Denn bei dir ist
DIE QUELLE DES LEBENS,
und in deinem Licht
sehen wir das Licht.

Psalm 36,10

Dein genialer Verstand

Ich habe dich als mein Spiegelbild erschaffen. Du bist das Beste an meiner Schöpfung! Ich habe dir einen Verstand gegeben, der unfassbar kreative Gedanken hervorbringen kann. Und ich habe alles riskiert, indem ich dir die Freiheit geschenkt habe, selbst nachzudenken. Dein menschlicher Verstand unterscheidet dich komplett von Tieren und Robotern.

Ich hätte dich auch so erschaffen können, dass du gezwungen gewesen wärst, mich immer zu lieben und ständig bei mir zu sein. Doch mein Wunsch war es, dass du dich frei dazu entscheiden kannst, mich zu lieben und zu mir zu kommen.

Dein Verstand ist so genial! Mit ihm kannst nachdenken, lernen und planen, dir fantasievolle Dinge ausmalen, träumen und auch überprüfen, was gut und richtig ist. Manchmal stellt sich dein Verstand aber auch quer und du zweifelst an mir und meiner Liebe. Darum: Bring deinen Verstand und all deine Gedanken zu mir! Lass mich die Zweifel und deine innere Abwehr wegnehmen. Ich will dir dafür Liebe, Glauben und Frieden schenken.

PSALM 139,2+6; RÖMER 8,6

Herr, ich danke dir dafür,
dass du mich so
WUNDERBAR
UND EINZIGARTIG
gemacht hast!

Psalm 139,14

Die deinen
Namen kennen,
VERTRAUEN
AUF DICH,
denn du, Herr,
VERLÄSST KEINEN,
DER DICH SUCHT.

Psalm 9,11

Bei mir bist du sicher

In meiner Gegenwart bist du absolut sicher und geborgen – auch wenn du es nicht immer spürst. Du bist niemals von mir getrennt, weil ich dich niemals verlasse.

Wenn du mal vergisst, dass ich bei dir bin, kriecht vielleicht die Einsamkeit oder die Angst in dir hoch. Dann bete einfach kurz oder flüstere meinen Namen: „Jesus!" So machst du dir wieder bewusst, dass ich noch immer ganz nah bei dir bin. Wenn du deinen Blick auf mich gerichtet hältst, tausche ich deine Einsamkeit oder Angst gegen meinen Frieden ein.

Jetzt stell dir mal vor: Obwohl sich mein Friede wunderschön anfühlt, ist er doch gar nichts im Vergleich zum Himmel, deinem ewigen Zuhause. Dort werde ich dir ebenfalls ganz nah sein, aber *du wirst mich sehen können – von Angesicht zu Angesicht!** Du und ich werden uns anlachen und wir werden uns unterhalten. Dann wird deine Freude größer sein als alles, was du dir hier und jetzt vorstellen kannst!

*1. KORINTHER 13,12

Gott wird dir Kraft geben;

ER WIRD DICH SEGNEN

mit seinem Frieden.

Nach Psalm 29,11

Mach Pause bei mir

Mach eine Pause. Schieb kurz alle deine To-dos beiseite – deine Aufgaben, dein Training, deine Pläne, deine Gedanken an den nächsten Tag. Hör auf, über tausend Sachen zu grübeln, und nimm dir etwas Zeit, bei mir zu entspannen. Ich habe dich so gemacht, dass du auch Ruhe brauchst. Nicht nur die Ruhe, die du beim Schlafen bekommst, sondern auch die Ruhe, die du empfängst, wenn du Zeit mit mir verbringst. Genau das ist Entspannung für deine Seele!

Bitte mich darum, mich um die Kleinigkeiten deines Lebens zu kümmern. Denk dran, dass du dich auf einer Reise *mit mir* befindest! Wenn du versuchst, in die Zukunft zu schauen und dir darüber Gedanken machst, was alles passieren könnte, dann übersiehst du deinen Freund, der die ganze Zeit bei dir ist. Denn solange du dich ängstlich über das Bevorstehende sorgst, spürst du nicht mehr meine starke Hand, die deine Hand festhält.

Verlier nicht aus den Augen, dass ich immer bei dir bin! So kannst du jeden Tag die Ruhe in mir erleben.

1. THESSALONICHER 5,17

Nur bei Gott
KOMME ICH ZUR RUHE,
er allein gibt mir Hoffnung.

Psalm 62,6

Denke das Gute

Kennst du den Spruch: „Es gibt nichts Gutes, außer man tut es"? Er sagt aus, dass sich das Gute in unserem Tun sichtbar zeigen muss. Heute bitte ich dich, diesen Satz auch auf deine *Gedanken* zu beziehen: Denke das Gute! Hab Gedanken, die dir guttun – bei denen ich im Mittelpunkt stehe! Wenn du das tust, ist kein Platz mehr für Gedanken über Schuld, Rache, Hass, Selbstmitleid, noch nicht einmal für Klatsch und Tratsch.

Ich weiß, dass mancher Gedanke einfach unbemerkt in deinen Kopf schlüpft – du weißt gar nicht, woher er kam, und möchtest ihn auch gar nicht haben. Wirf ihn einfach schnell wieder raus. Manchmal kommt es aber auch vor, dass du einen schlechten Gedanken festhältst – oder ihn immer wieder durchspielst wie ein bekanntes Lied. Dann lass ihn bewusst los und bring ihn zu mir. Versuch nicht, ihn zu verstecken. Anschließend kannst du mit gutem Gewissen und einem freien Herzen deinen Weg weitergehen.

SPRÜCHE 4,23; RÖMER 12,21

Wenn wir
UNSERE SCHULD BEKENNEN,
ist Gott treu und gerecht;
ER VERGIBT UNS
UND REINIGT UNS
von allem Unrecht.

Nach 1. Johannes 1,9

Stock und Stein

Es gibt das Sprichwort: „Stock und Stein brechen mein Gebein, doch Worte bringen keine Pein.“ Aber leider stimmt das überhaupt nicht. *Worte können tiefer verletzen als jedes Messer.** Die Wunden, die sie hinterlassen, heilen vielleicht nie wieder.

In der Gesellschaft werden die Leute gefeiert, die „schlaue“ Sachen sagen – selbst wenn sie dabei andere Menschen bloßstellen und verletzen. Aber ich möchte *nicht,* dass du so ein Mensch wirst. Deine Worte sind ein mächtiges Werkzeug! Du sollst sie benutzen, um die Menschen in deiner Umgebung aufzubauen, nicht, um sie runterzuziehen.

Ich weiß, dass du manchmal wütend und gefrustet bist. Aber dann platze nicht mit den erstbesten Gedanken heraus. *Halte inne, bevor du redest.*** Bete zuerst! Bevor du jemanden anrufst, bete! Bevor du auf wütende Worte eines anderen reagierst, bete! Bevor du *irgendwas* aussprichst, bete! Ein einfaches Stoßgebet, beispielsweise „Jesus, hilf mir!“ Mehr ist nicht nötig, um deine Worte wieder unter meinen guten Einfluss zu bringen.

*SPRÜCHE 12,18; **JAKOBUS 1,19

REDET NICHT SCHLECHT
voneinander, sondern habt
EIN GUTES WORT FÜR JEDEN,
der es braucht.
Was ihr sagt, soll hilfreich
und ermutigend sein,
EINE WOHLTAT FÜR ALLE.

Epheser 4,29

Ich kämpfe für dich

Wenn du in der Stille bei mir bist und mir dein Vertrauen schenkst, dann mag es so aussehen, als würdest du gar nichts tun. Doch in Wirklichkeit befindest du dich in einem unsichtbaren Kampf. Jeden Tag werden Kämpfe in der geistlichen Welt ausgefochten – und dein stilles Vertrauen hat eine Auswirkung auf diese Kämpfe!

*Indem du mir still dein Vertrauen schenkst, benutzt du eine sehr starke himmlische Waffe.** Dieser Kampf wird nämlich nicht mit Gewehren oder Raketen geführt, sondern mit geistlichen Waffen. Sie tragen Namen wie „Angst", „Einsamkeit", „Wut" oder „schlechtes Gewissen". Aber meine Waffen sind stärker! Angst wird von Vertrauen besiegt. Einsamkeit wird durch meine Gegenwart weggejagt. Wut wird mit meinem Frieden besänftigt. Das schlechte Gewissen wird durch meine Vergebung weggenommen. Bleib ganz nah bei mir – ich bin deine beste Verteidigung gegen das Negative!

JOHANNES 14,27; *JESAJA 30,15

Denn die Waffen
unseres Kampfes
sind nicht menschlich,
sondern es sind die
MÄCHTIGEN WAFFEN GOTTES,
geeignet zur
Zerstörung von Festungen.

2. Korinther 10,4

Aber alle,
DIE AUF DEN HERRN VERTRAUEN,
bekommen immer wieder
NEUE KRAFT,
es wachsen ihnen
Flügel wie dem Adler.
Sie gehen und werden nicht müde,
sie laufen und brechen
nicht zusammen.

Jesaja 40,31

Schüttele es ab

Ich habe den perfekten Plan für dein Leben. Also vertrau mir und versuche, die Dinge aus meinem Blickwinkel zu sehen. Wenn im Alltag die Dinge nicht so laufen, wie du erwartet oder dir gewünscht hättest, schüttle sie ab. Schau zu mir, zucke mit den Schultern und sag lächelnd „Ach, egal!" Lass diese Sache los und geh weiter vorwärts.

Dieses Zeichen deines Vertrauens zu mir wird dich davor bewahren, dass kleine Enttäuschungen dich völlig fertigmachen. Mit etwas Übung und Erfahrung wirst du feststellen, dass das meiste, was dir Probleme bereitet, gar nicht so extrem wichtig ist. Verschwende deine Kraft und deine Zeit nicht an Dinge, die im Grunde nebensächlich sind. So wirst du lernen, mit großen Problemen zurechtzukommen, wenn sie dir irgendwann begegnen.

Gibt es momentan eine Sache, die dich richtig nervt oder ärgert? Schüttle sie ab. Dann gehen wir zusammen weiter.

2. KORINTHER 4,17–18

DER HERR LENKT
DIE SCHRITTE
eines jeden.
Wie könnte der Mensch
seinen Weg verstehen?

Sprüche 20,24

Bedingungslos geliebt

Es gibt so viele Lügen, die sich immer wieder heimlich in deine Gedanken einnisten. Eine davon ist: „Ich bin gar nicht *bedingungslos* von Jesus geliebt.“ Oder: „Ich muss etwas leisten, um geliebt zu werden.“

Aber weißt du, was? Das alles ist nicht wahr! Es sind Lügen! Ich liebe dich, *egal, was passiert*. Egal, was du tust oder nicht tust. Ja, diese Welt ist voller Stolperfallen. Es ist schwer, immer alles richtig zu machen. Es ist unmöglich für dich, perfekt zu sein. Das verstehe ich so gut. Denn auch ich habe mal auf dieser Erde gelebt und war mal genauso alt wie du jetzt.

Doch ich mache dir Mut: Ich bin der Überwinder. Ich bin gestorben und wieder lebendig geworden, um dein persönlicher Erlöser zu sein. All das tat ich, weil ich dich liebe – bedingungslos! Komm zu mir, dann werde ich dich mit meiner vollkommenen Liebe umarmen.

EPHESER 3,16–19;
HEBRÄER 4,14+16; JOHANNES 8,44B

Christus soll
durch den Glauben
in euch leben.
**IN SEINER LIEBE SOLLT
IHR FEST VERWURZELT SEIN.**
Denn nur so könnt ihr
das ganze Ausmaß
seiner Liebe erfahren.

Nach Epheser 3,17–18

Teil dein Leben nicht auf

Vertraue mir in allen Fragen. Nicht nur in den großen Fragen und nicht nur bei den Sachen, bei denen du sowieso Hilfe brauchst. Sondern in *allem*.

Teile dein Leben nicht ein in die Bereiche „Schaff ich allein“ und „Hier brauch ich Hilfe“. Sag nicht: „Ich will mein Wochenende planen, aber Jesus soll mein Leben planen.“ Und auch nicht: „Diesen Konflikt mit meiner Freundin löse ich allein, aber ich brauche Jesus unbedingt für meinen großen Stress zu Hause.“

Trainiere immer wieder deine Denkweise, sodass du lernst, mich in jeder Situation um Rat und Hilfe zu bitten. Selbst wenn du dir sicher bist, dass du das Richtige vorhast: Frag noch mal bei mir nach. Je mehr du auf mich schaust und mir vertraust, desto besser kannst du das Leben genießen und die täglichen Aufgaben zuversichtlich meistern.

PSALM 37,4-6; PHILIPPER 4,19

Verlass dich auf den Herrn

UND TUE GUTES.

Psalm 37,3

Du bist wertvoll

Sorgen entstehen dann, wenn du dir eine Zukunft ohne mich vorstellst. Darum ist die beste Strategie gegen Sorgen und Grübelei, mit mir in Kontakt zu bleiben – indem du mit mir sprichst und auch auf mein Reden hörst.

Ja, manchmal musst du über die Zukunft nachdenken. Die Schlüsselfrage ist jedoch, *wie* du über die Zukunft nachdenkst. Wenn du nur über die Sachen grübelst, die *du* planen und vorbereiten musst, dann werden sich die Sorgen in dir breitmachen.

Beim Vordenken und Planen beachte einfach zwei Regeln. Erstens: Die Gedanken an die Zukunft sollten nicht extrem viel Zeit einnehmen. Denn je mehr Zeit sie fressen, desto leichter entstehen die Sorgen. Zweitens: Beziehe mich immer in deine Gedanken ein. Stell dir nicht bloß das vor, was *du* tun wirst – sondern male dir auch aus, was *ich* tun werde.

Du kannst mir vertrauen, dass ich mich um dich kümmern werde – sowohl heute als auch in der Zukunft. Vergiss nicht, wie absolut wertvoll du für mich bist!

LUKAS 12,22-26; EPHESER 3,20-21

Schau die Raben an!
Sie säen nichts und ernten nichts,
sie haben keine Vorratskammern
und keine Scheunen.

DOCH GOTT VERSORGT SIE.

Und du bist ihm doch

VIEL WICHTIGER

als diese Vögel!

Nach Lukas 12,24

Wer ich bin

Ich bin Gott mit dir. Das hörst du vielleicht schon oft. Aber es soll für dich immer etwas Besonderes bleiben. Hör nicht auf, über mich zu staunen!

Halte kurz inne und denk darüber nach, wer ich bin. *Mein Name ist Jesus. Das bedeutet „der Herr rettet“.* Ich rette dich! Ich rette dich aus deiner Angst, deiner Unsicherheit und Verzweiflung. Und ich rette dich von deinen Sünden.

*Außerdem ist mein Name Immanuel, das heißt „Gott mit uns“**. Gott ist mit dir! Ich bin immer bei dir und sehne mich danach, von dir zu hören. Erzähl mir alles, was dich froh macht, was dich traurig macht, was dir gerade durch den Kopf geht.

Betrachte meine Gegenwart nicht als selbstverständlich. Sonst vergisst du, darüber zu staunen, wer ich bin – und du verlierst die Freude darüber, mich zu kennen. Ich bin dein Gott und der Schöpfer des ganzen Universums!

*MATTHÄUS 1,23; APOSTELGESCHICHTE 2,28

Maria wird einen Sohn
zur Welt bringen,
der soll Jesus heißen, das heißt:
DER HERR RETTET.
Denn er wird die Menschen
von ihren Sünden befreien.

Nach Matthäus 1,21

Habe ich dir nicht gesagt,
entgegnete Jesus,
du wirst
die Macht und
HERRLICHKEIT GOTTES
sehen,
WENN DU NUR GLAUBST.

Johannes 11,40

Ich bin ewig

Ich bin bei dir und für dich. Niemals brauchst du etwas allein zu schaffen – niemals! Wenn du dir Sorgen machst, drehen sich deine Gedanken um das Morgen – und dann vergisst du mich. Es passiert so leicht, dass du dich von dem, was morgen sein könnte, ablenken lässt. Aber Sorgen sind zeitlich begrenzt. *Ich dagegen bin ewig**, mich gibt es für immer!

Ich möchte dir helfen. *Ich bin ein Gott, der dich sieht.*** Bleib mit deinen Gedanken bei mir. Flüstere meinen Namen, um dich daran zu erinnern, dass ich bei dir bin. Sing ein Lobpreislied. Sag mir, dass du mir vertraust. Ich werde dich sicher durch diesen Tag und durch jeden weiteren Tag führen.

Der heutige Tag ist ein wertvolles Geschenk. Verschwende ihn nicht mit Sorgen über die Zukunft. Sondern wickle dieses Geschenk aus und freu dich mit mir zusammen über die vielen guten Dinge, die du heute erlebst. Wenn du das „Heute-Geschenk“ – also diesen Tag – wirklich auspackst, wirst du am Ende *mich* entdecken!

*1. TIMOTHEUS 1,17; **1. MOSE 16,13–14

Was kann man dazu
noch sagen?
Wenn Gott für uns ist,
**WER KANN DANN
GEGEN UNS SEIN?**

Römer 8,31

Die Zukunft ist mein Geheimnis

Manchmal denkst du vielleicht, es wäre cool, in die Zukunft schauen zu können. Was erwartet dich? Wie wird diese oder jene Sache ausgehen? Es gibt sogar Leute, die behaupten, sie könnten die Zukunft vorhersagen. Aber die Zukunft ist ein Geheimnis. Sie ist *mein* Geheimnis.

Wenn du versuchst, die Zukunft herauszufinden, greifst du nach etwas, was mir gehört. Indem ich deine Zukunft verborgen halte, lernst du, dich auf mich zu verlassen. *Vertrau auf mein Versprechen, dass ich dich nie aus dem Blick verliere**, dass ich stets auf dich aufpasse. Ich werde dir deinen nächsten Schritt zeigen, dann den übernächsten, dann den über-übernächsten – immer einen nach dem anderen. Versuch nicht, die Dinge zu beschleunigen. Entspann dich einfach und genieß deine Reise in die Zukunft – Tag für Tag.

*PSALM 32,8; PSALM 31,16A

Was noch kommen wird,

WEISS ALLEIN DER HERR,

unser Gott.

5. Mose 29,28

Spring ins kalte Wasser

Du wirst dein Leben nie komplett im Griff haben. Das ist einfach unmöglich. Ich weiß, du würdest gern absolute Sicherheit und Gewissheit haben, aber selbst wenn du dein Leben bis ins kleinste Detail planen könntest, würde die Realität deine Pläne durchkreuzen.

Versuch darum erst gar nicht, alles komplett in der Hand haben zu wollen. Suche nicht die absolute Sicherheit und Vorhersehbarkeit – das wird langweilig! Nimm stattdessen meine Hand und spring ins kalte Wasser, trau dich! Ich bin derjenige, der dich voll und ganz liebt und der das Allerbeste für dich will. Ich wünsche mir, dass dein Leben ein unfassbares Abenteuer wird – voll von Unerwartetem, Neuem. Doch zuerst lass deine alten Gewohnheiten los. Dann nimm meine Hand und halte Ausschau nach all den *neuen*, aufregenden Dingen, die ich für dich vorbereitet habe!

SPRÜCHE 3,6; PSALM 56,4–5

SCHAUT NACH VORNE,

denn ich will etwas Neues tun!
Es hat schon begonnen,
habt ihr es noch nicht gemerkt?
Durch die Wüste will ich
eine Straße bauen,
Flüsse sollen in der
öden Gegend fließen.

Jesaja 43,19

Das ist kein Vorschlag

*Mach dir keine Sorgen um morgen!** Das ist eine Anweisung, kein Vorschlag. Es hat einen Grund, dass ich die Zeit in Tage eingeteilt habe: um dein Leben einfacher zu machen.

Wenn du dir die Sorgen von morgen auflädst und sie schon heute mit dir herumschleppst, machen sie nur dein Heute schwerer. Und für morgen hilft es gar nichts. Manchmal schleppst du auch die Sorgen der nächsten Woche oder des nächsten Monats mit dir herum, vielleicht sogar des nächsten Jahres! Du stolperst und schwankst unter dem Gewicht all der Sorgen – dabei wollte ich gar nicht, dass du sie alle tragen musst.

Lass deine Sorgen los. Mehr noch: Befreie dich komplett davon, indem du sie zu mir bringst. Konzentrier dich anschließend auf meine Gegenwart, mit der ich dich heute umgebe. Ich werde dich mit allem versorgen, was du brauchst; ich werde mich um dich kümmern und dir bei deinen Problemen helfen – heute! Und morgen gebe ich dir wieder alles, was du für morgen brauchst. *Vertrau mir*!

*MATTHÄUS 6,34; 2. KORINTHER 12,9

Ihr Menschen,
VERTRAUT IHM JEDERZEIT
und schüttet euer Herz
bei ihm aus!
GOTT IST UNSERE ZUFLUCHT.

Psalm 62,9

Ich weiß es schon

Ich bin Gott. Ich bin hier und überall. Gleichzeitig. Ich bin Gott. *Ich war gestern, bin heute und werde auch morgen derselbe sein.**

Deshalb kann ich mich rundum um dich kümmern. Ich stehe am Morgen mit dir auf und warte gleichzeitig schon im Bus auf dich. Ich esse mit dir zu Mittag und weiß bereits, was du zum Abendessen auf dem Teller haben wirst. Ich gehe jeden Abend mit dir schlafen und gleichzeitig weiß ich schon, wo du in fünfzig Jahren einmal leben wirst.

Wenn ich dir also sage, du sollst dir keine Sorgen machen – weil ich mich um dich kümmere –, dann meine ich das ernst! Ich weiß, welche Probleme dir morgen bevorstehen. Ich habe sie schon längst im Blick und bereite dich heute darauf vor, dass du sie morgen bestehen kannst. Lass die Sorgen von morgen also dort, wo sie hingehören: im Morgen. Und wenn du dann im nächsten Tag angekommen bist, bin ich immer noch bei dir – ohne dass ich dir heute ein einziges Mal von der Seite gewichen bin!

*HEBRÄER 13,8; PSALM 139,3;
JAKOBUS 4,13-15

Deshalb

SORGT EUCH NICHT

um morgen,
denn jeder Tag bringt
seine eigenen Belastungen.
Die Sorgen von heute
sind für heute genug.

Matthäus 6,34

Doch gerade dann,
wenn ich Angst habe,
will ich mich dir anvertrauen.
**ICH LOBE GOTT FÜR DAS,
WAS ER VERSPROCHEN HAT,**
ihm vertraue ich und
fürchte mich nicht.
Was kann ein Mensch
mir schon antun?

Psalm 56,3–4

Originally published in English under the title „Jesus Calling For Teens"
by Thomas Nelson, a Trademark of HarperCollins Christian
Publishing, Inc., Nashville, Tennessee, USA

1. Auflage 2022
Bestell-Nr. 817722
ISBN 978-3-95734-722-0

Umschlag- und Innengestaltung: Benita Penner
unter Verwendung von Thomas Nelson
mit Vektorgrafiken von Mrs. Opossum, Shutterstock
und Anastasiia Gevko, Shutterstock
Übersetzung: Maria Leicht-Rombouts
Bearbeitung: Verena Keil
Satz: Benita Penner
Druck und Verarbeitung: Finidr s.r.o.
Gedruckt in Tschechien

www.gerth.de